좌광우도

실천문학시인선 023
좌광우도

2018년 1월 15일 1판 1쇄 펴냄
2018년 1월 15일 1판 1쇄 펴냄

지은이	김진수
펴낸이	윤한룡
편집	성유빈, 정미라
디자인	한시내
관리·영업	이승순, 박민지

펴낸곳	(주)실천문학
등록	10-1221호(1995.10.26)
주소	서울특별시 성북구 보문로 82-3, 801호(보문동 4가, 통광빌딩)
전화	322-2161~5
팩스	322-2166
홈페이지	www.silcheon.com

ⓒ 김진수, 2017
ISBN 978-89-392-3020-0

이 도서의 국립중앙도서관 출판시도서목록(CIP)은 e-CIP홈페이지(http://www.nl.go.kr/ecip)와
국가자료공동목록시스템(http://www.nl.go.kr/kolisnet)에서 이용하실 수 있습니다.
(CIP제어번호:CIP2018001085)

실천문학 시인선 023

좌광우도

김진수 시집

실천문학사

차례

제1부 | 좌광우도

제2부 | 비풍초똥팔삼

제3부 ｜ 네온 강을 건너고 있다

제4부 | 바람이고 싶어라

제5부 | 얼룩오이다

제1부

좌광우도

빠르티잔

피아골 단풍색은 여전히 곱더라고

한 소리
또 하고

하던 소리
또 하고

지리산
저 사람주나무
벌겋게 또 취했네

헛 장

어머니 피가 붉어 내 피도 붉다

해마다 낫을 가는 어머니의 길을 따라
뿌리 깊은 가시넝쿨 발목을 휘감는
망금산 해거름 참 억새 숲을 헤치면
흐려진 비문 하나 납작한 봉분을 지키고 섰다
반란이라고,
그 놈이, 다시 그 놈이
마을마다 개몽댕이질을 하고 다녔다고,
피투성이가 된 사람들 보고
이번엔 저 봐라! 빨갱이가 틀림없다고,
멀쩡한 사람들을 또 엮어 간, 그 놈이
해방 후 슬그머니 고향땅을 밟았다가
귀싸대기를 얻어맞고 쫓겨났던 황국 순사 미야모토였다고,
해방구도 꿈꾸었던 그런 세상이 아니었다고,
정한수 까맣게 타들어 간 밤도

어김없이 아침 해로 다시 밝아오는데
애기섬 형제섬, 흰여가 붉여가 됐다고,
발목 묶은 철사 줄에 돌멩까지 채워서
여수 바다 어디쯤에다 수장을 했다드라고,
뜬소문만 수군수군 떠밀려 오드라고,
동짓달 열하루 생월 생신날
옥양목 두 필에 쌀 한 동이 다 쓰고
큰 동네 명두무당이 겨우 건져 올린
부석처럼 떠다니던 육 척 장신 건장한 넋을
당신 쓰던 밥그릇에 고봉으로 담아서
가장골 옹사리밭에 고이 모셔드렸다고,
아비 잃고 덧씌워진 빨갱이 호적부엔
억새꽃만 이듬 이듬 피고 지드라고,
연좌넝쿨 칭칭한 피울음 한마디
"나서지 마라! 나서지 마라!"
어머니 등 굽은 낫질에
올해도 가시넝쿨 눈물다발로 걷힌다.

시방, 눈이 내린다

눈이 내린다.
지리산을 덮고 순천에도 쌓였다는데
여수 땅엔 닿자마자 흔적도 없다
가슴에 천불이 꺼지지 않아설까
오동도 동백꽃이 아직도 붉어설까
마땅한 발자국 하나 찾는 길도 막막하다
먹구름 사이로
또 한 사람 맥없이 건너가는지
삼동 햇살 유달리 발걸음 무겁다
귀는 납작 땅바닥에 대고
눈은 천지간을 온전히 지켜봐야 할
절대로, 그냥 덮어져선 안 될 일이 많은데
살아남은 자 참으로 부끄럽게
눈이 내린다.
두 팔을 벌리고
서로의 가슴 한 번 보듬지 못한 채

누가 누구의 적인 줄도 모르고

너네 나네 등 겨누던 손가락총 가리려나

천지 사방에 눈이, 눈이 펑펑 내린다.

형제무덤

남풍이 불었다
저 멀리 푸른 바다 영등바람이 불었다
한 맺힌 제주할망 눈물바람 불었다
시월의 황금물결 갈바람이 불었다
여수의 갈바람도 피바람으로 불었다

어둑 칙칙한 마래터널을 겨우 빠져나와
돌멩이를 양손에 집어 들었다
눈부신 햇살마저 으스스 소름 돋는
용골에다 힘껏 그 돌멩이 내던지고
잰걸음으로 몇 발짝 헉헉 돌아가니
왼편 골짜기에 형제 묘가 나온다

그날은 깊은 겨울밤이었다
기침 소리마저 꾹꾹 얼어붙어 버린
종산국민학교 맨바닥에 빼곡히 수용됐던

여순사건 부역 혐의자들의 일부가
대한민국 헌병한테 조용히 끌려 나갔다
트럭엔 그들 말고도 장작더미와
시커먼 고리탕 기름통도 함께 따라갔다

캄캄한 남해바다만 내려다보이고
한 조에 다섯 명씩
깊게 파진 웅덩이 앞에 나란히 섰다
탕. 탕. 탕. 탕. 탕.
쏴 죽이고,
장작을 덮고,
기름을 붓고,
쏴 죽이고 장작 덮고 기름을 붓고,

다섯 번에 또 다섯 번
쏴 죽이고, 장작 덮고, 기름을 붓고
그렇게 일백 이십 오명이나

생때같은 목숨들을 도륙하고 불 질렀다
사흘 밤낮 타는 것을 지켜보다가
바윗돌을 굴려다 덮어버렸다
시커멓게 엉겨 붙어 형체 잃은 주검을
낱낱이 수습할 수 없었던 통한의 유족들은
천만 근 연좌 무덤 독담불에 몰래 가서
그렁그렁 흙을 덮고 형제 묘라 불렀다

각색된 이름

아름다운 여수 검푸른 까막만

소호바다를 품어 안은 구봉산 자락

달빛 고운 신월리에는

물금와 봉양, 신근정 마을이 있었다.

일제는 그 세 마을을 강제로 쫓아내고

일본 해군 202부대가 비행장을 건설했다.

해방 후 잠시 미군부대도 주둔했던

그 자리에 대한민국 국군 제14연대가 창설됐다.

1948년 10월 19일 저녁 8시

여수 신월동 제14연대

이른 저녁을 먹고

제주토벌작전에 투입될 병사들은

군장을 꾸리고 내무반에서 출동대기 중인데

비상나팔 소리가 요란하게 울렸다

10시에 출동을 한다더니……?

병사들은 웅성웅성 연병장으로 몰려나왔다.

갑자기 산발적인 총성이 울리고

연단으로 특무상사가 뛰어올랐다.

친애하는 출동 장병 여러분!

"동족상잔의 제주도 파병을 반대하고 경찰을 타도합시다!"

"군대라는 것은 민족을 지키기 위해서 있는 것이지

민족을 죽이기 위해 있는 것이 아닙니다!"

우리의 강령은 두 가지입니다.

1.동족상잔 결사반대

2.미군 즉시 철퇴

대한민국 초대정부 이범석 총리는

1948년 10월 21일 첫 번째 공식 기자회견장에서

'사건 진상을 철저규명'이라는 제목으로

여수에서 국군 제14연대가 반란을 일으켰다고

이 사건의 성격을 분명하게 말했다.

제주 파병은 그렇게 무산됐으나

여순반란사건으로 각색된

또 다른 동족상잔 비극은 그날부터 시작됐다.

뜨거운 항쟁

무엇이 옳았고 무엇이 글렀는지
저마다의 목소리는 함부로 높았지만
죽어야 할 죄목만은 단순 명료했다
서국민학교 종산국민학교 진남관 앞마당에서
짧은 머리 미군빤스 지까다비에 새 고무신
하루는 이쪽으로 하루는 저쪽으로
무서운 총칼 앞에 무슨 맘을 먹었다고
이쪽저쪽 분류하던 손가락총으로 쏴 죽였다

여수의 가슴팍은 그때부터 겨울이다
따사롭고 화창한 봄가을을 제쳐두고
증언할 자 모두 잠든 이 엄동설한에
지금도 그때처럼 피눈물이 흥건하다
살아남은 자 과연 떳떳한 자이던가?
애기동백 산다화가 그 설움을 태운다
나도 그 겨울 길을 외로이 걷고 있다

오동도 동백 숲 분노의 바다 속
어둠의 밑바닥이 시퍼렇게 출렁이고
총살이든 수장이든 악랄하게 덧씌워진
날치기법 제1호 국가보안법 내란죄에
칭칭 엮여 가라앉던 연좌의 발목들이
불꽃같이 봉기했던 뜨거운 항쟁이었다
서러운 겨울 꽃, 애기동백 산다화!

환상의 여학생부대

그들의 임무는 지급된 권총과 카빈소총
99식 소총을 치마 속에 감추고 다니다가
진압군을 만나면 "오라버니!" 하고 불러내서
잔인하게 쏴 죽이는 일이었다.
그 무시무시한 여학생부대의 실체는
백선엽 장군의 회고록에도 있고
함병선 소령과 송석화 소령의 전투기록에도 있으며
동광신문 기사에도 있다.
소설 '남행록' 등에도 상세히 기록되어 있다.
경향신문에서는 '죽창을 든 여학생들은 누구를 찌르려
함이냐?'
라는 제호로 흥안의 여학생들이 머리에 수건을 동이고
죽창과 총칼을 들고 전투에 참여하고 있다고 보도했다.

부대장은 여수여자중학교 송욱 교장이었다.
그는 화순 출신으로 보성전문 법학과를 나와

서울상명여학교에서 교사로 재직 중
조선어학회 사건에 연루되어
서대문형무소에서 복역하던 중 해방을 맞았다.
여수여자중학교 교장으로 부임을 해서
지역민들로부터 신임을 받았던 그는
반란군의 지지연설을 극구 거절하고
한 발자국도 관사 밖으로 나가지 않았지만
중앙동 인민대회장에서는
송욱 교장이 공동의장에 선출됐다는 소문이 파다했다.

억울함을 밝히기 위해 스스로 군기대 사령부를 찾아갔다.
그를 맞이한 자는 자칭 백두산호랑이 김종원 대위였다.
김종원은 다짜고짜 개머리판으로 머리를 내리찍고
총으로 위협을 가했다.
군기대는 스스로 찾아간 송욱을 체포했다고 발표했고
언론은 대서특필을 해댔다.
한 신문만은 경찰서 보안주임의 말을 인용하여

그 사람은 그럴 사람이 아니라고

의문을 제기하기도 했지만 소용없었다.

가까운 후배 양희종은 송욱의 친구인

이은상을 찾아가 도움을 청했지만 거절을 당했다.

광주로 이송된 후 소식이 끊겼다.

그의 나이 34세, 총살됐을 거란 추측만 난무하였다.

문화예술인 조사반 소설가 박종화는

학생들에게 공산주의 이론을 주입시킨 인물로 그를 지

목했다.

여순사건을 다룬 첫 장편소설

'절망 뒤에 오는 것'을 한국일보에 연재한 전병순은

당시 여수여자중학교 교사였다.

환상의 여학생부대의 실체를 듣지도 보지도 못했으며

사건이 수습된 후 전원 소집된 학생 중에도

관련된 여학생은 한 명도 없었다는 증언도 있었다.

지금은 여수여자중고등학교

목련꽃 교정 순백의 그늘 아래

후리아 치마폭 참새 떼만 조잘대고

조작된 채로 기억된 환상의 여학생부대는

한 점 부끄럼도 반성도 없는 세상에서

슬픈 전설로만 피고 또 피어난다.

애기섬 수장터

남해 상주 앞바다에 소치도가 있다.
여수 사람들은 그 섬을 애기섬이라 부른다.

민족과 반민족 좌우 갈등으로 이어진
동족상잔의 비극
그 서막을 알리던 제주 4·3과
여수 신월동 국군 제14연대 반란사건
그때는 용케 피했지만 6·25가 터지고
보도연맹원 예비검속만은 피할 길이 없었다.
경비정 갈매기호에 실려 간 애기섬은
여수에서도 그리 멀지않은 뱃길이었다.
양민들의 손발은 좌우도 없이
철삿줄 동앗줄에 단단히 묶이고
죄명도 알 수 없는 바윗돌까지 채워져
한 가닥의 흔적조차도 남기지 말라는 듯
뱃전을 뚫고 가는 총소리 한 방 한방

수많은 가슴에서 솟구치는 선혈을

여기 깊은 바다 속에 빨갱이로 수장시켰다.

물길의 행로를 이미 잘 알고 기획한 자들의

무지막지한 흉계와 총칼 앞에서

힘없이 죽은 자는 죄인이 되고

죽인 자는 어처구니없는 정의가 되었다.

수 천 수만 명의 손톱이 빠지고 발가락도 찢겨나갔다.

검푸른 파도가 아가리를 벌리고 오직 침묵만을 강요했다.

총탄이 빗나가고 철삿줄이 느슨해져

요행이 살아남은 자 있었다할지라도

깎아지른 사상의 절벽은 그들의 생환을 극구 거부했다.

그날의 애기섬은 절해고도였다.

그 누구도 기어오를 수 없는 완벽한 처형장이었다.

휘돌아나가는 너울파도는 거친 한숨을 토해내고

쿠로시오의 물길은 가깝고도 먼 나라 일본을 향해

아직도 그날처럼 동쪽으로 흘러간다.

그렇게 70여 년,

유복자 김양기씨가 아버지를 찾아왔다.

극심한 멀미를 견디며 아들과 며느리는

흔들리는 뱃전에 제상을 차리고 정성껏 술을 따른다.

준비해 간 재물을 모두 헌식하고

남은 술잔마저 비우고 나니

잠잠했던 파도가 와르르 밀려와서

꽉 닫힌 술병마개를 펑, 터트린다.

백발의 아들이 펑펑 운다.

파도처럼 운다. 애기섬 모자(母子)섬 노을처럼 운다.

아들도 뜬금없는 간첩으로 몰려서

차라리 죽고 싶을 만큼 고문을 당하고

시킨 대로 원하는 대로 자인서를 써줬다고 운다.

불가촉천민처럼 짓밟혔다고 운다.

서럽고 분하고 억울했지만 그래서 더욱 살아야했다고 운다.

울면서 묻는다.

학살의 진원을 묻는다.

애기섬에 수장된 새빨간 역사의 진실을 또 묻는다.

모스크바엔 모스크바역이 없다

〈크렘린궁을 휘감아 도는 모스크바 강바람에 붉은광장으로 가는 깃발들이 힘차게 펄럭인다. 무명용사의 탑. 영원히 꺼지지 않을 것 같던 이념의 마지막 불꽃을 지키고 있는 근위병은, 얼어붙은 시베리아 벌판 툰드라의 눈빛이다. 유리 가가린과 푸쉬킨의 생애를 좇아가는 아르바뜨 거리 레닌의 언덕에서는 볼셰비키를 외치던 참새 떼와 이를 연호하는 마트로시카의 도열이 끝없이 펼쳐져 있을 뿐. 레닌그라드 빠르친스까야 카잔스키 야로슬라브스키 벨라루스 슬로브스카야 쩨아뜨랄라야… 동서남북 사통팔달 출발역은 많아도 모스크바엔 모스크바역이 없다.〉

1948년 5월 1일

여수

돌산읍 두남면 서기마을

메이데이 행사에 다녀오는 청년들을 검문하는 순경한테

불손한 태도를 보였다는 이유로 붙잡아다가

피를 튀기는 몽둥이질을 감행했다는 전설은

지금도 마을회관 앞 깃발처럼 치를 떨며 나부낀다.

같은 해 10월 19일 저녁 8시

여수

신월동에 주둔하고 있던 국군 제14연대

그 안에는 제주토벌작전 투입에 반발했던 일부 군인들

이 있었다.

(아, 그해 봄 제주에는 4·3학살이 있었지)

그들을 진압하고 색출한다는 빌미로 여수에 진입한 무

장 세력들이 있었다.

관동군 헌병대 출신으로 자칭 백두산호랑인가 살쾡인

가로 불렸다는

국군 5연대 제1대대장 김종원의 지휘를 받은 병력과

잔인하기 이를 데 없는 수도경찰의 무력은

눈에 거슬린 주민들을 모두 죽이고 마을을 불태웠다.

그것은 정녕 영화의 한 장면이 아니었다.

남녀노소를 가리지 않았던 초토화 작전이었다.

다시 그해 12월 3일

서울

대한민국 국회 제1호 날치기법

억울한 양민들을 한 번 더 옭아맬 부관참시법이 통과됐다.

그 무시무시한 형벌은 피와 광란을 부르고

광란이 미친 세상을 불러냈다.

망령든 이승만의 절름발이 정권과 그의 주구들은

그 광란의 피바다를 덮으려 국가보안법을 급히 제정했다.

여순반란사건이라 칭하였던가,

오늘까지도 그렇게 불리어졌던가,

마을이 불타고 사람이 불타고

여수 앞바다가 온통 무고한 양민들의 피로 붉게 물들었다.

그 이후로

여수에는

아무리 태극기를 내걸고 만세 삼창을 외쳐대도
모스크바로 낙인찍힌 마을이 있었다.
돌산읍 죽포리와 서덕마을이 그렇고
둔전도 그랬으며 승월 임포 율림 굴전 백초 두문포와
군내리 평사리에도 전설의 오르그가 살았었다는
모스크바 마을로 한 두름에 엮였다.

서울에는 서울역 부산에는 부산역
여수에도 북쪽으로 올라가는 여수역이 있다.
심지어 평양에도 평양역이 있고
신의주에도 신의주역이 있다는데
폭력과 낙인 앞에 연좌되어 살아온
모스크바 마을에도 모스크바역은 없다.
기관차도 철로도 애시당초 없었듯이
전설처럼 덮어버린 슬픈 침묵만
강요된 망각역에 잠들어있을 뿐이다.

나말이어라

    제주 4·3사건을 진압하기 위하여 출동 대기 중이던 국군 제14연대 소속 군인들의 봉기로 발생된 여순사건은, 그 진압과 토벌의 과정에서 수많은 양민들이 부역자로 몰려 학살되었다. 그들의 억울함을 위무하고 화해와 상생의 길을 모색하고자, 사건 발생 60주년을 맞아 시민사회단체와 여수시는 희생자들의 매장지 근처에 작은 위령비라도 세워보자는 뜻을 모았다. 하지만 위령사업은 계속 지지부진하였는데, 비문의 중심이 되는 '학살'이라는 단어를 '희생'으로 바꿔야만 한다는 게 그들의 방침이었다. 우여곡절 끝에 시인이자 유족의 한 사람으로 나는 그 비문을 새로 짓는 일을 맡게 되었다.

· · · · · ·

    이 여섯 점 침묵 속에 그들의 원혼과 유족들의 통한을 한 줄도 빠짐없이 모두 새겨 넣었다.

아나키스트

나는 여전히 허새비다

누가 왜 어디서 무엇 때문에
어떻게 죽었는지 살아났는지…
그따위 파란에 흔들리는 것 보다는
귀 막고 눈 감고 입을 다물어
우르르 몰려다니는 참새 떼나 쫓는 일이
나에게 주어진 유일한 삶이며 관심사다.

"대한민국 정부를 절대 지지하고, 조선민주주의인민공
화국 정권을 절대 반대하며, 인류의 자유와 민족성을 무
시하는 공산주의 사상의 배격·분쇄, 남·북로당의 파괴정
책 폭로·분쇄하여, 민족진영의 각 정당 사회단체와 협력
해 총력을 결집한다." 좌익사상에 물든 사람들을 전향시
켜 보호하고 인도한다는 명분으로, 일본제국주의가 실행
한 시국대응전선사상보국연맹을 그대로 모방한, 국민보

도연맹의 이념이니 사상이니 정치니 민족이니 화합들일
랑은, 그때 그 시절로부터 전승된 색깔론으로, 오늘 아침
밥상 앞에서까지도 그 명색이 표리부동이다.

　국적과 주소 생년월일과 성별보다
　조상님의 사상과 몸부림이 더 빼곡한
　빨갱이 호적부에 빨간 줄 같은 것은
　아직 한 번도 들여다 본 적 없지만
　남들이 나를 허수애비라고 불러주는 걸 보니
　나의 조상님께서도 어느 허씨 문중에서 나셨을 터
　어찌 됐든 허수애비!
　이것이 내 이름이고 뿌리인 것만은 확실하다.

　나 비록, 뙤약볕 아래 누더기 옷은 걸쳤어도
　새참을 달라거나 품삯을 요구한 적 없다.
　도둑질을 했거나 거짓공약도 한 적이 없다.
　참새 떼를 선동했거나 죽창을 든 적도 없다.

삐라를 뿌리거나 반란을 획책한 적은 더더구나 없다.
그런 내가 내 맘대로 하고 사는 일이라면
아! 있다. 딱 하나 있다.

수십만 명 죄 없는 백성을 무참히 참살해 놓고도
진상규명도 없이 화해니 상생이니 평화니…
틈만 나면 쿵짝작, 쿵짝작 쿵짝작
나이롱뿅짝이나 번지르하게 틀어 대는
도무지 말도 안 되고 용서도 할 수 없는
썩어 나자빠질 이 나라의 삼천대계를
그냥 나 몰라라 두 눈 딱, 감아 줘버리는 일이다.
속창아리 없이 허허허 웃어 줘버리는 일이다.

허이, 훠어이
힘없고 배곯은 참새 떼나 쫓고 사는 일이다.

백악기에 산다

묵정밭 돌무지에 긴 꼬리 늘어놓고
볕을 쬐고 있는 도마뱀을 바라본다
아주 먼 옛날 백악기에는
저런 징한 것들이 이 세상을 주물렀다고 하는데
요놈들, 지금은 제 세상이 아니라는 걸 아는 듯
작은 움직임에도 소스라치며 달아난다
겨우 붙잡은 꼬리마저 서슴없이 잘라내고
좁은 바위틈으로 잽싸게 숨어버리는 몸뚱어리
피 한 방울 묻어있지 않은 현란한 꼬리춤이 어지럽다

긴 꼬리까지 온통 몸뚱어린 줄 알았고
몸 속 피도 뜨거울 줄 알았던 착각으로
저 냉혈한의 속내를 어찌 가늠하였겠는가?

오늘도 묵정밭은 과거사로 시끄럽다
세 치도 안 되는 혓바닥을 시커멓게 날름대는 것으로

모든 과거사는 조상 탓으로 돌리며

틈틈이 잘라낸 꼬리 춤에 휘둘려 사는

우리는 아직도 백악기에 산다

전어 수족관

머릿속에 깨가 서 말이나 들었고
집 나간 며느리까지도 불러들인다는
가을 전어도 나름대로의 성깔은 있다
너른 바다를 마음껏 유영하던 몸인지라
잡아다가 수족관에 가두어둘라치면
배를 허옇게 까뒤집고 드러눕기 일쑤에다
하루도 채 못 견디고 죽어 나가는 게 보통이다

계산 빠른 횟집주인장의 특단의 조치가 내려진다
전어 미끼에 아가리가 걸린 갯장어 한 마리를 선발하여
수족관에 풀어놓는다

어슬렁, 어슬렁
제국순사의 걸음걸이라도 배운 양
긴 완장을 꼬리까지 늘어뜨리고
날카로운 이빨과 독사 눈깔을 휘저으며

어슬렁, 어슬렁 순찰을 돈다

　에구머니나!

깜짝 놀란 전어들이 죽을힘을 다해 도망친다

제 마음대로 헤엄쳐 갈 바다도 없고 숨을 곳도 없다

힘없는 놈은 백날 천 날 용을 써봤자

수족관만 반짝, 반짝거릴 뿐이다

좌광우도

외길로 뚫린 마래터널을 지나
만성리까지 무사히 가려면
몇 번쯤은 오른쪽으로 비켜 설 줄 아는 게 요령이다

굴 밖 비렁에는 요령 없이 터널을 빠져 나가다
무지막지한 손가락 총에 맥없이 수장된
수많은 통곡소리가 아직 파도치고
태풍이 쓸고 간 만성리횟집은 밤이 돼도 컴컴하다

활어통 바닥에 납작 엎드렸던 광어 도다리들이
순환 모터가 멈춰 선 수조를 뛰쳐나와
땅바닥에 온통 널브러진 횟집 앞에서
구경꾼의 논란이 우왕좌왕하고 있다
왼쪽으로 눈이 쏠려있으면 광어고
오른쪽으로 쏠려있으면 도다리라며
광어와 도다리의 구분법을 잘 안다는 자

오늘도 그자의 높은 목청 아래

함부로 분별해선 안 될 슬픈 과거사가

또 한 번 들춰지고 뒤집어진다

좌우지간은 손만 내밀면 가장 가까운 거리다

팽팽히 맞서서 보이는 것이 좌광 우도라면

서로의 어깨를 한번 다정히 감싸보자

그러면 금세 우광 좌도로 바뀌고 만다

그렇다, 어느 바다에서 어떻게 살았던지

광어는 본래부터 광어였고

도다리도 그냥 도다리였을 뿐이다

레드 콤플렉스

아니여,
동백꽃은 절대로 겨울 꽃이 아니여
진짜 겨울 꽃은 산다화가 맞당께
저놈이여, 바로 저놈이
이 엄동설한에 진분홍 꽃을 무쟈게 피운 놈이랑께!

아니랑께,
난 절대로 아니여
건들지도 않았는디 저 혼자 벙그러져부렀당께
아따, 시방 미치고 환장병나겄네 이

만약에
만약에 말이여
저 동백꽃이 여적 시퍼렇다 치자
그라면, 세상의 봄날이란 것은 어림 반 푼도 없었겄제?
암만!

제2부

비풍초똥팔삼

민족신문사 물폭탄 사건

그때여, 난생 처음 기차 타고 서울로 수학여행을 갔던 거제라. 영등포 삼립식품 한양식품에 들려서 달콤한 크림빵과 사이다 콜라를 주는 대로 실컷 받아먹고 이동을 하는데 촌놈 뱃속이 금세 요동을 치등마라. 급하게 뛰어올라간 청계천 입구 민족신문사 3층 화장실. 처음 보는 양변기 턱에 곡예사처럼 쭈그리고 앉아서 공짜로 얻어먹은 것들을 모두 쏟아내고 두리번거리다가 변기통 옆에 붙어 있던 버튼을 무심코 눌렀제라.

워메! 갑자기 쏴~ 하고 쏟아지는 엄청난 물폭탄 소리에 바지춤을 어떻게 움켜쥐는 둥 마는 둥 뒤도 안 돌아보고 뛰어내려 왔제라. 백지광고로 어렵사리 버티고 있다는 편집실과 기자실 방송국 등 견학은커녕 조마조마한 마음으로 지켜보고 있었다니께라. 시방까지도 쭈욱 지켜만 보고 있다니께라. 그 물폭탄에 언제 침몰할지도 모를 우리들의 민족신문사를……

아주 불길한 예감

안창호씨
못생긴 마사지 걸
미국으로 도망간 동업자
이름만 부동산 투기꾼인 차명님네들
그리고, 서울을 통째로 봉헌 받은 우리 주 하나님
제발 좀 얼른 와서 말려주세요
곁에 있는 사람까지 비웃고 있잖아요

귀하께서는
양심적 집총거부자는 아니셨는지
국방의 의무라도 충실히 하셨는지 모르지만
대통령까지 되실 양반이 그게 뭡니까?
전방 시찰에서 보여준 M60 기관총의 거총자세
아차차! 그 자세면 큰일이 납니다.
한발만 쏴도 자기 면상이 먼저 박살이 날 것이구만요
가늠자 가늠쇠가 어딘 줄도 모르고

견착도 제대로 할 줄 모른 양반이

어쩌 그 어렵다는 경제 타킷을 명중시킬 수나 있을

지……

아무리 봐도 저 총, 빈총은 아닌 성 싶은데

디립다 방아쇠만 당겨 놓고서

죄 없이 빗나간 총알 탓만 해 대면

어떡해요, 그때 가서 우린 또 어찌해야 한답니까

칼론

무릇, 칼이라 함은
상대의 목과 심장을 겨냥하고
자신의 명줄을 이어가기 위한
인간사 가장 오래된 무기임에 틀림이 없으렸다

칼은 일찍이 외날의 刀와
양 날의 劍으로 구분하였던 바
刀는 스스로를 향하여 방향을 틀지 않고
끝까지 상대를 하면 道에도 이를 것이나
劍의 근본은 양날에 있어
늘상 한쪽 날은
자신 목을 시퍼렇게 노리고 있다는
刀劍의 본질마저 망각한 저들에게
어찌 檢法의 法道까지 바랬으리오마는
특검의 냄비가 부글부글 끓어 넘친다
뻔히 다 알고 있는 대로 칼 아닌 검을 들었으니

까짓것 맘대로 멋대로 간 맞추면 될 일이고
처음부터 예상된 요리라서 특별히 놀랄 입맛도 없지만
검의 양날이 균형을 잃고
썩은 호박도 반듯이 도려내지 못할 형편이라면
무뎌진 한쪽 검날이 금세 거꾸로 선 칼날을
만나게 되지나 않을지
제발 한번만, 한 번만 더 생각해보시드라고요!

손바닥의 역사

권력과 남용 사이

사리와 탐욕 사이

유착과 치부 사이

중상과 모략 사이

조작과 왜곡 사이

반면과 교사 사이

유감과 공감 사이

그 사이 사이로 수없이 떴다 진

해와 달빛마저도 모조리 오밤중

씻지도 않은 손으로 싹싹 빌어봤더니

개뿔, 손바닥에선 온통 닭똥 냄새만 진동한다

퐁당퐁당

우물의 깊이를 측정하기 위해서는
돌멩이 하나 툭 던져 보면 된다.
그 깊이가 실로 얄팍할 것 같으면
틀림없이 퐁당! 이다.

'통합진보당 해산 결정!'

2014년 12월 19일
대한민국 헌법재판소에서는
아홉 분의 잘생긴 판관님들께서
대한민국 역사의 우물에
힘껏,
돌멩이를 던지셨다.

퐁당! 퐁당! 포옹당!

가역 불가역

한때의 유행가가 아닙니다
그렇다고 잊어질 추억 또한 아닙니다
죽어도 눈감지 못할 원통한 분노입니다
이젠 몇 사람 살아있지 않는 슬픈 증언입니다

광풍이 풀잎을 휘젓는 동안에도
세월이 풀잎을 건너는 동안에도
끝없이 짓밟히고 끝없이 농락당한
저 소녀상의 그렁그렁한 피눈물
여린 풀잎의 치욕과 분노를
똑똑히 들었습니다
분명히 보았습니다

달의 배경엔 틀림없이 어둠이 깔려 있고
밝혀내지 못한 상처는 너무나 깊습니다
욱일승천도 어둠의 자식임이 확실합니다

더러운 침략자들의 해괴망측한 궤변을

자신의 조상들이 그랬던 것처럼

불가역적이라고 대충 얼버무리는

오래된 역적의 후손들에게

이건 아니라고 모두 다 틀렸다고

썩어 빠진 이빨들을 뽑아줘야 합니다

비풍초똥팔삼

마을 경로당 십 원짜리 화투판
한주먹 꽃놀이패도 한번 막히기 시작하면
꼼짝없이 생짜를 내놔야 하는 것이 판의 법칙이다.
선수들은 버리는 데도 순서가 있다.
비. 풍. 초. 똥. 팔. 삼……
그 첫 번째가 끗발이 가장 높은 패다.
비, 그것은 아무리 큰 우산으로 가리고 덮어도
감당할 수가 없을 만큼 엄청난 폭우로 변하거나
부모 형제 기둥뿌리까지 와장창 말아먹어버릴
대재앙의 피눈물이 될 수도 있기 때문이다.
먹을거리가 없다.
세상이 콱 막혔다.
바람이 분노하고 풀잎들이 요동치기 전에
얼른 내려놔라! 아니, 내려와라!
홍청구사 고도리 싹쓸이 판에
못 먹어도 고. 고. 고 아무리 움켜쥐고 내리쳐 봐도

앞뒤 볼 것 없는 그 놈의 똥고집으론

영락없이 독박이다. 피바가지다.

세월호 법칙

표 끊을 때 한번 개찰할 때 한번

양손에 무거운 짐 다시 또 들으셨다
이번엔 승선장 앞에서 또 한 번의 검문이다
고쟁이 깊은 곳을 한참이나 더듬고서야
비로소 여객선 승선을 허락 받으셨다
꾸부정한 노친네 기어이 화나셨다
야 이놈들아! 이 할 일 없는 놈들아!
내가 일평생 섬사람으로 살았지만
양손에 든 짐보다 주민증이 무거워보기는
처음이다, 내 생전에 처음이다

에라이, 썩어 자빠질 놈들아!
섬사람이 죄졌냐? 세월호를 가라앉혔냐?

애기동백 산다화

한파가 몰려왔다. 첫눈까지 내렸다.

적폐가 난무했다. 어둠이 판을 쳤다.

새빨간 혓바닥으로 눈물까지 훔쳤다.

촛불이 분노했다. 온 나라가 들썩였다.

횃불처럼 일어섰고 들불처럼 타올랐다.

아랫녘,

아랫녘으로부터

동지섣달 무동을 타고 발끈발끈 소리치는

뜨거운 겨울 꽃 애기동백 산다화도

모두다 불꽃이었다. 아름다운 봉기였다.

위대한 혁명이었다. 새로 쓰는 역사였다.

겨울 사루비아

해고자를 복직시켜라!
비정규직을 철폐하라!

공단 입구 왕복 8차선
도열한 전투경찰의 굳은 눈빛과
둥그렇게 정리된 중앙 분리대의 돈나무
성경 말씀으로부터 전해들은 종려와
오래된 절집 마당에 꽃피던 배롱나무
그리고 그 길에 빨간 사루비아
스치기만 해도 금세 재가 될 거라는
35만 볼트 고압선 철탑에
동짓달 초닷새 눈썹달 하나까지
우리 다함께 꽃이 되자던
손에 손에 흔들리는 촛불 하나씩
일회용 종이컵으로 감싸보지만
사루비아!

겨울 사루비아!
너의 불꽃에 손등을 데인
가슴 내내 화끈거린다.

누가 또 버렸나

나이 쉰 넘으면 퇴출대상 1호라고
해 넘기기 전에 신청하라는 사퇴권고로
30년 공돌이 생활을 접어야만 했다는
친구와의 술병을 대낮부터 비우고
버스를 타려는데
빗속에 내동댕이쳐진 안전화 한 짝이 밟힌다

몇 톤의 무게에 짓눌려도 끄떡없다는
튼튼하고 믿음직한 저 안전화도
몸 무겁고 쉰내까지 난다고
친구처럼 함부로 내동댕이쳐졌을까

겨울비는 추적추적 그칠 줄 모르고
신월동행 52번 밤 깊은 정류장
너도 아직은 멀쩡해 보이는데
찬비까지 맞으며 나뒹굴고 있구나

씨불알

한 겹 더 껴입고, 씨불알.

이냥 이 모양대로, 씨불알.

옹그라져 있을라 해도, 씨불알.

환장 병나게, 씨불알.

봄은 또 오고, 씨불알.

저놈의 동백꽃까지, 씨불알.

실업대책이니 일자리창출이니

벌겋게, 뻘겋게, 새빨갛게

지랄 염병들을 해쌌는가 몰라

…… 씨, 불알!

제3부

네온 강을 건너고 있다

봄까치 꽃

무릎을 꿇고

고개를 숙여야만

비로소,

커다랗게 볼 수 있는 꽃!

네온 강을 건너고 있다

강남행 전철을 탔다.

역마다 부리고 가는 낯선 발걸음

무심한 전철은 지금 막 옥수역을 지나간다.

남루한 가방 하나 등에 메고

인파에 떠밀려 들어온 할머니

손에 든 자일리톨 껌 몇 통의 무게로도

발등에 가슴이 닿을 듯

객차 안을 낮게 낮게 돌지만

눈길 한 번 마주하려는 사람 없다.

내 속지갑도 잠시 흔들렸을 뿐

선뜻 손이 가질 않았다.

내릴 듯

왼 문 앞 쇠기둥을 겨우 잡고서야

허리 한 번 힘겹게 펴신다.

한입 두입 세입 넷.

쉬지 않고 질겅대는 검은 창마다

휘황한 네온 강이 넘쳐흐른다.
문득, 바지주머니에 쑤셔 넣은 손
동전 몇 닢의 무게로 욱신거린다.
강남으로 가는 객차는
몇 번이나 중심마저 흔들리며
철거덕, 철거덕
밤 깊은 네온 강을 건너고 있다.

장수탕에서

일요일 오후, 동네 목욕탕이 한산하다.
봉사활동 다녀왔다는 아들 녀석 살팍진 등짝을 미는데
온탕 모퉁이에 쭈그리고 앉아 있는 초로의 남자
힘없는 눈길이 목욕탕 안을 몇 번씩이나 돌아다닌다.

이 남자,
때를 미는 자세가 자꾸만 한쪽으로 기울어진다 싶더니
아차, 하는 순간에 중심을 놓쳐버린다.
후다닥 달려들어 부축을 하고 보니 반신불수다.
좋은 일 한답시고 남의 일에 끼어들어 낭패를 봤던
좋잖은 기억들이 먼저 찬물을 끼얹는다.

"저— 괜찮으시다면 제가 등을 좀 밀어드릴까요?"

묵은 때는 오히려 성한 팔에 쌓여있다.
늘어진 등가죽에서는 오랜 아버지의 냄새도 난다.
내 가슴 묵은 때까지 둘둘 밀려나온다.

지독한 트라우마

아침 신문을 뒤적이다
어느 도시 아파트값 폭락!
3억짜리 아파트가 1년에 6천만 원이나?

버스비도 아깝고 시간도 아까워서
시장통 근처 코딱지만 한 달셋방
집세 줄 날은 그리 빨리도 돌아오는지
여기를 어쩌어찌 벗어나보려면
몇 번은 더 폭락을 해줘야,

생에 첫 주택자금 대출을 받아서
우리도 아파트로 이사를 해보자는, 소리를
일언지하에 묵살을 하고 나온
서민부채 1400조 시대
몇 번을 엎어졌는데 또 빚이라니……

겸손한 식탁

서울 한복판
낙원빌딩 앞이라고 해야 하나
탑골공원 뒤편이라고 해야 하나
허름하고 보잘것없어 보이는 식당 하나
이름하여 소문난국밥집이다

어제는 조계사 지하 공연장에서
상금이 제법 많다는 모 문학상 시상식이 있었다
뒤풀이 축하 잔을 연거푸 돌리더니
너나들이 쓰라리고 울렁대는 뱃속들
우루루 쭈그려 앉은 통나무식탁엔
벌건 고춧가루와 왕소금이 기본으로 놓였다

우거짓국 뚝배기에 흰쌀밥 한 그릇
잘게 썬 깍두기가 고작 반찬인
그것도 서울 한복판에서

고춧가루 한 수저로 소금 간을 잡고
후루룩 후루룩 비지땀을 훔쳐대는
단돈 2천 원짜리 갸륵한 허기들,

살아서 비굴하느니

'살아서 비굴하느니
죽어서 굴비가 되는 것이'

어느 시인이 SNS에 올려놓은
짤막한 글과 품격 있는 굴비 사진을 보다가
'나도 굴비에 한 표!' 하고
댓글을 달아놓고 보니
하, 욕심이 과했다.

간도 덜 배고 여우비까지 얻어맞아
꾸리탑탑한 냄새가 내장까지 파고들어
조상님 젯상에 엎드리기도 염치없는
최하품 굴비면 또 어떠랴,
그냥 그 모양으로 주렁주렁 엮였다가
비온날 골목집 콩코름한 술상에서
이 친구 저 친구 주거니 받거니

막걸리 주전자처럼 흔들리다 가는 게

휠, 낫지 싶다.

무성시대

개를 좋아하다 물린 적 있다
그때부터 나를 얕잡아 본 개새끼들이
나만 보면 자꾸만 사납게 짖어댄다
어쩔 땐 조막만한 것들까지
이빨을 세우고 응그리기까지 한다

케슬하임 18층에 배달을 갔다.
몇 번의 검문을 거치고 초인종을 누르니
누군가 먼저 기척을 한다.
빼꼼하게 열리는 현관문 틈으로 머리를 내민
또 저 개새끼가,
잇몸까지 벌겋게 드러내며 핏대를 세운다

"가만있어!"
주인 말 한마디에 잽싸게 꼬리를 흔들어 댄다

그런데… 저 개새끼, 목소리가 없다?

돈줄을 풀어놓다

손님은 지지리도 뜸하고, 된장찌개 한 그릇 시켜 먹고 골드카드 내밀며 거드름을 피우는 낯짝이 뻔지르르한 넥타이에게 표정관리를 좀 하고 돌아서서 담배를 찾으니 제기랄, 돚대다! 손가락 끝까지 타들어오는 꽁초를 잘근잘근 씹어가며 오만 생각에 잠겨 있는데, 괴춤에서 핸드폰이 부르르 부르르 지랄 쌩 쇼를 떤다.

"이봐! 9988번 껌정 에쿠스! 여기가 당신 전용 주차장이라도 되는 줄 알어? 씨발, 얼릉 차 안 빼!?"

뭐시여? 씨발? 오메, 이런 싸가지 없는 놈을 봤나? 그리고 에쿠스는 또 먼 소리여…?
옳지! 너 오늘 자알 걸렸다.

"야이! 존만 새꺄! 너 시방 나가 누군 줄 알고 욕지거리여? 에쿠스가 어쨌다고? 아니꼽냐? 아니꼬우면 부로꾸 주서다가 확 뿌샤버리면 될 것 아녀? 이 씨발새꺄!"

아심찮허요

말하자면, 쌍팔년도쯤 되얏던 야그지라

대선이니 총선이니 지방 선거니, 시쳇말로 정치의 계절
이라 나불대던, 그런 때가 있었던 것도 같고라

그때만 혀도 오지랖을 한창 넓히며 싸돌아다니던 알량
한 청춘이었던지라, 몸이 열개라도 모자랄 정도였고, 칼
주름 양복에 번지르하게 꼬아 맨 네꼬다이, 삐까번쩍 구
두코는 파리란 놈이 뭣 모르고 앉았다가는 쭈루르르르 낙
상을 할 정도로, 갈빗집 술집 문턱 문턱마다 폼나게 광나
게 천지 사방 여그저그를 부어라 마셔라, 건들건들 몸썰
나게 흔들고 다녔을 적 야그제라

그런디요 이,
아마도 그 전날 밤이었을 것이오
나의 이 솥뚜껑만한 손모가지가 누런 봉투 하나에 사알
짝 흔들려부렀다는 야그가 아니겄소

((아따 참말로))

고민도 오래하면 쌩머리 빠진다 혀서

까지꺼, 의리와 양심은 그 기표소 안에서 소리 소문 없이 공평하게 찢어 발겼제라

기호 1, 기호 2, 기호 3, 기호 4, 56789 그 아래 칸칸이 비어 있는 칸마다

어떤 놈은 터져죽고, 어떤 놈은 곯아죽고, 먹은 놈은 장땡이고, 못 먹은 놈이 빙신이다. 너도 먹고, 나도 먹고, 아~나 다 처먹어라!

붓 뚜껑 잡은 손으로는 시옷. 시옷. 해 가면서 현명하게 꾸욱, 현명하게 꾸욱 꾹,

그때 그 붓 뚜껑을 시방 와서 곰곰이 되굴려 보자니께

누런 똥 봉투에, 술판에 갈비까지 배가 터지게 얻어먹은 놈이, 아무리 냄새나는 똥차 대기 명함이라 할지라도 아주 양심적으로 아니면 도덕적으로도 안부인사 정도는

꼬불치는 것이, 의리와 도리 빼면 시체뿐이라는 이태백과 사오정의 깍듯한 예의범절이 아니겠는가 하여, 나도 큰 절을 한번 올려볼까 하는디,

말인즉슨, 똥구녁 뻴간 나의 절이라도 한번 넙죽 받아 잡숴 보실라냔 뜻이랑께라

예 말이오! 거시기, 거 머시기한 양반님네들!

그동안 만백성의 종복으로 나서서 지역사회 발전과 아울러 국가와 인류공영에 이바지를 하시느라 옥체지려 만강은 비리비리 하옵시며, 가내 두루 축재는 넉넉히 하시었는지

시상천지 훌륭하신 어르신네들 덕분에 빈둥빈둥 묵고 놈시롱 요로코롬 잘 사요~ 이

허벌나게 자알사요

아심찮허요, 무쟈게 무쟈게 감사드리오~ 이

벤또論

음, 일용할 양식으로 말을 하자면
예전에 맹신하던 이데올로기였거나
심오한 철학이나 산술문제까지는 아니었다 쳐도
점심시간도 다 되기 전에 후다닥 까묵어 버리고
텅 텅 속이 빈 벤또들에 임하시어
단순한 허기 정도를 넘어서는 무작한 시험으로
시도 때도 없이 물 먹이던 그런 날이 있었드라고
모 인사 가라사대
말끝마다 벤또 벤또 해 쌌는디
자고로,
양은뚜껑 누렇게 쭈그러진 시절도 있었다 치고
잘 잤냐는 말 보다
밥 묵었냔 말이 훨씬 더 감동적이었을 적의
허기진 귓전에 가장 따땃이 들리던 인사가
달그락거리던 벤또소리 하메, 아니었겠는가 하여
옛 추억을 한번 더듬어 보자고 하는디,

그 갈탄난로 위에 층층이 포개졌던 벤또들은 그래도
맨 밑에 깔린 놈이 젤로 따땃했드렀제 암,
살다 보니께
지아무리 계란후라이 번지르한 찹쌀밥일지라도
눌 자리 잘못 서 있기라도 할라치면
벌건 김칫국물에 지독한 냄새까지 쏟아내며
맥없이 나자빠져간 벤또들도 적잖은 것 같등마
그 때 그 시절에도 그러하였던
늘 상 지르밟고 올라서서 뻐팅길라는 놈
저놈, 저놈에 저 징한 가슴팍들은
시방도 꼭 보면 냉냉한 벤또여―

낮은 곳엔 뿌리가 있다

택시를 타면 앞자리에 즐겨 앉는다.
무릎을 당겨야 하는 불편함보다 넓은 시야가 좋기 때문이다.
때로는 기사양반과 세상도 한번 힘껏 밟아보고
크락숀도 빵빵, 죽일 놈 살릴 놈 맞장구도 신난다.

"손님, 의자를 뒤로 좀 미시지요.
키 큰 사람만 보면 부러워 죽겠어요."

"아뇨, 불편한 점 많습니다.
신발에다 발을 맞춰야지요,
쓸데없이 눈만 높지요,
허리 굽혀 땅 짚기 어렵지요."

"하지만 큰 신발로 넓게 딛고,
높은 눈으로 멀리보고,
긴 팔로는 큰 밥그릇도 보듬을 수 있잖습니까?"

"그래도 떨어진 돈은 땅에 있고요,

키 큰 나무가 바람을 더 맞고요,

높은 눈으로는 발밑까지 자세히 보지도 못해요."

"아니죠, 태양은 늘 높은 곳에 있고

별도 그곳에서 빛나니

모든 나무들은 자꾸만 위를 향해 가지를 뻗잖습니까."

"아무리 산이 높고 별이 빛난들

그 나무뿌리는 낮은 곳에 있고

사람도 낮은 잠이 편하니

어찌 늘 푸른 바다처럼 낮고 넓은 깊이만 할까요."

"그러네요 참, 그렇기도 하네요."

억만년 풀잎처럼

호모사피엔스는
풀피리소리를 좋아했고
트리케라톱스는
풀꽃동산에 안겨서 첫잠이 들었고
티라노사우루스
티라노사우루스 렉스는
날카로운 발톱과 송곳니로
그들의 목덜미와 비명소리를
사정없이 할퀴고 물어뜯었고

억만년 동안이나 짓밟히고 먹혔어도
풀잎들은 푸르고 다시 푸르고
비와 바람 힘을 모아 꽃도 피우고
열매가 익고 새싹이 돋고
곰곰하고 곰곰하던 호모사피엔스
호모사피엔스도

햇불처럼 들불처럼 벌떡 일어나
걷고, 뛰고, 아우성치고!

제4부

바람이고 싶어라

만월

달아!

나도
너처럼

크고
둥그렇한

가슴하나
갖고 싶다.

풀벌레

어스름 풀숲에
어느 놈은 좋아도 울고
어느 놈은 슬퍼도 노래만 하다

—조용하다

숨죽여 보니
다들 미쳐 사는 세상인데
나 혼자 멀쩡하다

내가, 운다
노래도 한다
어둠도 삼경이니 휘영청하다

바람이고 싶어라

그대의 늘 푸른 바람이고 싶어라

세상사 무겁고 어두운 이야기들은
잠시 잠깐 저 바다 파도 속에 묻어두고
한 점 무게도 실리지 않는 마음
한없이 보드랍고 가녀린 몸짓으로
금세 알아듣고 금세 깔깔댈 수 있는
나이 어린 풀잎 같은 즐거운 말투로
그대 살랑살랑 흔들어보고 싶어라

아니, 내가 먼저 흔들리고 싶어라

물버들

지금 나는 샛강 언덕 홀로 선 물버들
가지가지 바람 앞에 시시로 흔들리고
여름날의 범람과 얼어붙은 겨울 강
물소리 바람 소리 새소리로 건너왔네

네 마음도 나 같을까 바라보는 물그림자
바람에 흔들리고 강물 따라 일렁여도
아무래도 모르겠네 도대체 알 수 없네
내 안에 있는 마음 너였는지 나였는지

난청

다들 죽어라고
공자 왈 맹자 왈 해 쌌는디
나는 자꾸만 개 불알 소불알로 듣는다

무엇 때문일까? 하고
한참을 생각하고 있는 귓전에
앵앵거리는 모기 한 마리

그 소리라도 잡아보겠다고
사정없이 후려친
내 뺨!

((으흐······))

화엄에 들다

좋다! 좋다!
대방광불화엄경은 한마디 감탄사였다.

지리산 화엄사 주차장
관광버스 한 대가 왁자한 풍경을 쏟아내고 있다.
울긋불긋한 얼굴들 벌써 거나하니 단풍 들었다.

"이리 좀 와 보이다."
"우리도 사진 한 장 박아 봅세다."

꾸깃한 양복에 흙구두 차림으로
새벽부터 소여물 챙겨주고 배추밭 돌아 나왔을
흥농종묘 짙푸른 홍보 모자까지, 잔뜩 멋을 낸
멈칫거리는 손목을 기어이 잡아끄는 저 아짐
립스틱 주름 깊은 입술이 자꾸만 붉어진다.

"어디 이쁘게 좀 박아 주이다."

"다 늙어 가지고 무신……."

"먼 소리다요? 수많은 세월 중에도 시방이 가장 청춘이 제라,"

구부정한 어깨 다정히 기대고

다급하게 피어오른 쌍무지개 같은 미소

찰나, 가을산도 온통 화엄경 속이다.

일류와 행자

가끔은

행자도 배꼽 잡고 웃는다

일류가 웃던 그 웃음소리 깔깔대면서

일류도 그런

행자 보고 웃는다

겨우, 행자 등짝이나 후려치면서,

일류 앞에 상책은

울다가도 뻥긋 웃어라

이거지만

진짜로 행자 배꼽 빠지는 날 있다

허리께까지 뻣뻣하게 굳어진 모가지

까마득 눈이 먼 관념의 발바닥을

반질반질하게 떠받들어 모시고도

조고각하(照顧脚下) 안중에 없어

구린내만 진동하는 일류와 그 신발짝들

댓돌마당에 함부로 나뒹굴고 있을 때다

봄비가 내리면

내 사랑 고스란히 드리고 싶습니다.

언제던가 낙엽이 지고
바람이었는지 구름이었는지
텅 빈 가지마다 떠나간 흔적들
얽히고설킨 겨울나무 뿌리엔
한 줌 햇살마저도 찾아오지 않았습니다.

사랑을 잃어버린 가슴,
버리지 않으면 버림을 받아야 하는
그 앙상한 숲에서
나는 늘 외톨이었습니다.

꿈꾸는 것조차도 사치일 때가 있었습니다.
존재의 이유마저 까마득해지던 날
눈빛이 참으로 초롱초롱한

파랑새 날아와 가지마다 앉았지만
가슴이 온통 얼어붙은 나무는
메말라버린 눈을 뜰 수가 없었습니다.

봄비가 내리고
아름다운 꽃들이 만발하면
나도 함께 즐거이 노래하고 싶습니다.
그 날은 안개비도 자욱했으면 좋겠습니다.

블랙홀

여기, 한이 없다는 우주에서나
싹을 틔울 수 있는 작은 씨앗 하나가
수천 광년쯤을 날아온 이 세상에서
제 눈빛 하나 반짝이려면
무엇을 얼마나 견디고 버려야 할까

간밤엔,
허 황후께서 숨겨 놓으신 빈디를 찾아
골백번은 더 다녀온 길에
족히 열두 채는 지어 올린 아흔아홉 칸 구중궁궐을
기둥뿌리 하나 없이 깡그리 말아먹고도
눈 하나 꿈쩍하지 않더니

그 놈 사타구니에서
겨우, 까만 별 하나는 찾았는데
도대체 반짝이는 저 수많은 별들은
얼마나 깊은 어둠을 삼킨 흔적이란 말인가?

접사

꽃에 나비가 앉았다
살며시 다가갔다
허리를 굽혔다
숨을 죽였다

찰칵!

고요는 흔들렸고
나비는 훌쩍, 날아가 버렸다

매미

얼마나 깊은 어둠을 짊어지고 울어야
그림자처럼 옹그린 허물 선하게 벗을까
살아온 날들이
햇살처럼 나뭇잎 사이 흔들릴 때나
별빛 그림자로 살핏거릴 때
한낱 허물이나 짓는 일이었고
생의 전부를 돌아볼 수 있는 날도
겨우, 오늘 뿐이라면
파도처럼 밀려드는 부질없는 노래는
또 얼마나 떨리는 가슴으로 불러야 할까

호박돌처럼

너를 알고 나를 알고 모두를 알고
그러면 시를 안다는데
그런 강물 같은 거울 나에겐 없습니다.
그러니 강가에 쪼그리고 앉아
흘러가는 물소리나 열심히 듣습니다.

나 혼자선 평생 나 하나도
바로 알지 못할 것 같기 때문입니다.
그렇게 구르고 굴러가다가
어느 날 어느 강가에서
둥글납작하고 매끈한 나를
너무 어렵지 않게 찾았으면 좋겠습니다.

울퉁불퉁 덧대어진 수많은 욕심들도
다시 한 번 끄집어내 갈아봐야겠습니다.
그렇게 구르고 굴러가서라도

잘못 세운 각에 행여 물길 갈리고
세상 여느 경계에 바람벽으로나 쌓일까
두려운 눈빛을 한없이 지닌
그런 시인 한 사람 만나보고 싶습니다.

나는 부끄러운 시인이 되는 것보다
차라리 의미 있는 돌이 되고 싶습니다.

제5부

얼릉 오이다

얼릉 오이다

그대 그리운 날은 여수로 오이다
세상의 모든 봄은 여기서 시작되고
세상의 모든 맹세도 여기서는 굳어지나니

사랑을 잃고 시를 잃고
꿈과 희망마저 까마득한 날이거든
얼릉 오이다!
여수로 오이다!
세상사 모든 설움 여기 와서 풀고 가이다

오동도 동백숲 쫑포해변 밤바다
발걸음 걸음마다 가슴 가득 꽃 붉을 때
돔바리 서대회 새콤달콤한 인정으로
막걸리 한 사발 쭈욱 들이키면
다시금 아름답고 물 맑은 파도소리
그래서 여수여라
사랑이고 시랑께라.

동박새

사월이 가면 또 늦으리
전라선 열차를 서둘러 타자
푸른 새벽바다 오동도 동백 숲
마침내 그곳, 그곳에 이르면
행여 지나다 꽃송이는 밟지 말자
그 길의 끝은 늘 거기 있어도
원망도 그리움도 툭툭 털고 가는
모진 저 발걸음 선연한 꽃 다짐
그 속엔 얼어붙은 상처가 있다
가슴마다 뜨거웠던 그리움이 있다

새야, 그래서 늘 푸른 새야
네 작은 날갯짓도 차마 서러워
이 길 끝자리 넋 놓고 바라보는
꽃잎이 붉다 잎사귀도 푸르다

달밭기미 연가

묻고 또 묻고
산들 바닷길을 굽이 돌아가면
가슴 가슴이 낮아지는 곳
月田浦가 거기 거기라고라

알아도 모른 척
몰라도 아는 척
어느새 내 안에 길이 나버린
그리도 그립던 달밭기미에
아직도 영근 꽃은 피었다 질까

가슴 떨리고
가슴 열리고
내줄 것도 감출 것도 이젠 더 없는
몽롱한 새벽달만
부끄러, 부끄러

겨울 밥상

여수 수산물특화시장
두 평 반 좌대를 새벽부터 펼쳐놓고
한 발자국도 뒷걸음치지 않겠노라
목 긴 장화발로 완강히 버텨 보지만
갯물은 짜고 겨울바람은 맵다
삼천 원짜리 시장 밥 두 끼 사 먹고
지세니 물세니 전기세 구전 피 다 떨고 나니
미역귀 같이 남은 지전 몇 장
그것이라도
구들장 밑에 부려놓은 날엔
통통하게 붇고 언 비릿한 가슴
김칫국 한 사발에도
금세, 바알갛게 풀어진다

핵무기가 있다

빈상 하나씩 꿰차고 앉아 누구도 섣불리 입을 열지 않는 텅 빈 식당 안, 출입문에 매단 쇠종 소리에 식구들의 시선이 온통 문 쪽으로 쏠린다. 바람이다. 회는커녕 밥 손님도 뜸한지 오래다. 납작 엎드려 눈 쏠린 수족관 도다리도 며칠째 그놈이 그놈이다.

판촉물이며 전단지를 쌓아놓은 골방에 드러누워 하릴없이 TV를 켠다. 채널마다 온통 북한 핵 보유에 대한 속보로 떠들썩하다. 열강의 압력에 맞서는 저들의 무모함이 오늘 따라 눈물겹다. 전화벨 소리. 빚쟁이인 모양이다. 아빠 안 계신다 둘러대는 딸아이의 생솔가지 타는 목소리가 문틈으로 잦아든다. 벼랑 끝, '북한, 핵무기 보유' 자막이 화면 가득 클로즈업 된다.

환히야, 가람아, 대환아!
도다리 큰 놈으로 회 뜨고 매운탕 끓여서 저녁 먹자.
너희가 이 애비의 핵무기다!

시클라멘

가난은 벽이 진화한 것일까

아침 밥상에 오른 미역국을 먹고도 짐짓 모르는 체

하루 종일 눈치만 쌓다가 꽃집에 들렀다

장미를 사려 하니 어느새 40,

나이 수에 맞추려니 너무 비싸고

시클라멘, 빨간 분 하나가 8천 원 하는데

7천 원에 가져가란다

꾸깃꾸깃 만원을 내고 3천 원을, 꽃 화분을,

두 손으로 얼른 받아들고 나서려는데

"이 꽃은 위에서 물주면 안돼요,

햇볕 잘 드는 곳에 둬야 오래 살아요"

저녁참이 다 되서야 슬몃, 아내 곁에 놓아둔다

한 번도 햇살 받지 못한 그늘진 곳에서도

속절없이 발갛게 피어오르는

저, 코 끝 시큰하게 아내 닮은 꽃!

파도타기

해일이 밀려오는 바닷가에서
거대한 파도와 마주쳤을 때는
함부로 등을 내주지 마라
두 눈 부릅뜨고
파도의 방향을 똑바로 주시하면
파도가 네 가슴을 치고
마침내 너를 삼키려들 때쯤
딛고 선 두 발만 사뿐히 떼라
제아무리 험하게 달려들던 파도라 해도
그 작은 틈이면 충분히 비켜간다

바람을 가르는 보트를 몰고
거친 파도 밭을 지나가야 할 때면
잠시 속도를 줄여야 한다
파도는 자기보다 빠르다든지
물로 보고 함부로 대든다든지

자신만을 믿고 까부는 무모한 치들에게는
기분 나쁜 표정을 그대로 드러내는 불같은
속성도 지니고 있다

망망대해에서 돌풍을 만났을 때
섣불리 도망치다가는 살아남기 어렵다
닻줄을 최대한 길게 이어 탄력을 유지하며
죽을힘을 다해 파도와 맞서라
바람 부는 방향으로 뱃머리를 맞추고
닻줄이 터지지 않도록 천천히 항해하라
만약 기관이 멈추거나 닻줄이라도 터지면
파도는 그 틈을 결코 놓치지 않을 것이니
아무리 거대한 파도 속에서 멀미가 나고
피할 곳 없는 생이 곤두박질을 쳐도
뱃머리만은 절대로 돌리지마라

수수알 이야기

"아가, 사람은 말이다
남의 눈에 눈물내면 제 눈에는 피눈물이 난단다"

겨울밤 화롯불에 묻어 둔 할머니 이야기지
어느 해는 가뭄이 하도 심해서
거둘 종자도 없이 인심까지 흉해졌는데
유독 예미골 새 밭에 수수 농사만 풍년이었다지
아홉 자식 그래도 죽이란 법은 없는갑다고
때맞춰 가을걷이를 하러 갔더니
글쎄, 빈모가지만 댕강댕강 서 있더란 것이었어
도저히 분통을 참을 수 없어서
한바가지 벌건 욕을 독하게 퍼 댔다지
그 수수밥 해 처먹다 목구녕에나 걸려 자빠지라고
그 뒤로 뉘 집 여편네
벌겋게 열꽃이 피고 토혈까지 한다더라고
수군수군 소문이 꼬리를 물고 돌더니

그 집 뒷마당에 널브러진 수수모감지
삼키지도 못한 알곡 하나씩 물고 있었다지

그때부터 말이 씨가 되기도 했다지

억새꽃

자갈만 갈리는 돛대 밭
땅심 없는 농사는 검불뿐이다.

살아야 한다, 살아야 한다.
샛바람 마파람엔 나리 물것 캐다가
콩 보리 통죽으로 끼니를 잇고
하늬바람 자는 날은 갯가로 나가
가사리 톳밥으로 명줄을 이어
부항 든 허기는 물배라도 채워주며
풀뿌리 나무뿌리 다 뽑아 먹고라도
기어이 살아내야 한다.

"가난이야 가난이야
고래심줄보다 질긴 이내 가난이야"

외딴 섬 갯바람 언덕에서 자란 억새는

아무리 거친 풍파에도 결코 쓰러지지 않는다.

칼날처럼 맞선 벼랑 끝에서도

억척으로 피워 낸 소금 빛 사랑

겨울바람 앞에서도 함부로 꺾이지 않는

그런 겉모습만 보고 사람들은 더러

억시디 억신 섬 여자라고 한다.

파도 같은 울 어머니 사랑인 줄 모른다.

어머님 농사법

아파트 베란다
스티로폼 박스에 밑거름 듬뿍
고추 몇 모를 심어 보았다
무럭무럭 풍성하게 잘도 자라서
앙증맞고 예쁜 꽃도 총총히 피웠지만
글쎄, 그게 다였다
세공 바칠 땅에서 꽃질만 하는 놈은
야단을 좀 맞아야 정신을 차리고
회초리를 들어야 열매가 잘 연다며
들리실 때마다 가지를 툭툭 치신다
꽃송이도 살살 비벼주신다
가르치고 다독이신 어머님 텃밭에
탐스런 고추가 주렁주렁 익어간다

종아리가 문득 화끈거린다

아주 몹쓸 별에게

막내야!
이렇게 고향땅엔 봄이 벌써 깊은데
얼어붙은 고속도로 단꼬쁘로 가는 길
느닷없는 폭설까지 새벽길을 막았더냐
그러면 잠시 잠깐 속도를 줄이고
쉬엄쉬엄 외돌아 달려가도 될 것을
무에 그리 좋은 세상 어디에 또 있을 거라
네 마누라 작은 품에 저 어린 새끼들
부모 형제 다 놔두고 앞질러 가 버렸냐
널 데리러 모스크바 수수 만 리 길
비 오더니 눈 오고 어느 틈엔 파란 하늘
종잡을 수 없는 먹구름 사이 슬픈 별 하나
어둠의 빛으로 글썽이는 눈물을
만나는 사람, 사람들마다
네 흔적이 아름답다 말들은 하드라만
아무리 그렇고 그렇다 한들

너는 가고 나만 남으니 캄캄한 밤이구나
사랑하는 막내야!
저 어둔 하늘에 수많은 별들처럼
이 세상도 별의별 놈 많고 많은데
그렇게 서둘러 별이 되려한
참말로 몹쓸 또 하나 별놈이
우리에겐 네놈뿐, 누가 또 있겠느냐

풀섬 아이

지북산 몰랑에 뻐꾸기 울면
산비둘기 구구대는 장사슴목골
달랑 한마지기 옹사리밭에
아부지는 들컹들컹 쟁기질하고
어무니는 쪼락쪼락 풋콩을 딴다

가다가 한 모금
또 가다가 한 모금
촐랑촐랑 줄어가는 막걸리 심부름
한 쪽박 샘물로 덧채우던 아이가
아지랑 묏등 앞에 바알갛게 엎드렸네

한 사발 거뜬 비우신 아부지
"오늘 막걸리는 왜 이리 싱겁다냐?"
그 소웃음소리 지금도 들리네

술비야

에 에라 술비 물이랑을 넘어 가자
에 에라 술비 어 어루와 술비

모든 바람 이해하고
모든 파도 껴안으면
울릉도 청산도 아니 멀리 다 보인다
수월산 드렁칡 가지가지 가슴까지
나는 주고 너는 받고
돌려 엮고 이어보자
어느 세월 모진풍파 말 못할 사연인들
먹장구름 걷히면 하늘빛은 높푸르고
얼어붙은 땅에서도
동백꽃은 빨갛더라

에 에라 술비 어기여차 배질이다
에 에라 술비 어 어루와 술비

초도에 가면

가슴에 별이 진 사람 초도로 가라

여수항 뱃길로 48마일
삼산호, 신라호, 덕일호, 훼리호,
순풍호, 데모크라시, 줄리아나 오가고
뱃길 빨라질수록 발길은 멀어도
해초처럼 설레는 낭만은 있다

이슬아침 소바탕길로 상산봉에 오르면
낮고 낮은 햇살에도 퍼덕이는 금비늘
희망은 가슴 터질 듯 수평선에 이르고
달빛 수줍은 갯바탕길을 따라
은하수와 시거리 이야기꽃 정다운
초도, 그 아름다운 풀섬에 가면
아직도 총총한 별들이 뜬다

해설 · 시인의 말

초도가 아름다운 이유

한창훈(소설가)

땅이 사람을 낸다고 우리는 말하곤 한다. 특히 우뚝 솟은 산이 사람들에게 기운을 준다고 믿는다. 당장, 초등학교부터 중학교, 고등학교 교가가 그랬다. 덕분에 월요일마다 학생들은 높은 산 정기를 이어받아 뭘 어떻게 하겠다는 노래를 불러야 했다(평야지대에서는 강이 등장한다고 들었다). 돌멩이 등 진 가제는 어쨌든 든든하니까. 저렇게 산이 높으니 뭐라도 있겠지 싶으니까.

그 교가들은 대가리를 내놓으라는 구지가(龜旨歌)처럼 무엇이라도 달라는 협박성 주술이었을 가능성 상당히 높다. 그리하여 노래를 들은 산은 머쓱했거나 또는 졸림을 견디다 못해 수많은 아이들에게 정기 나눠주느라 정작 저는 허물어져 아파트촌으로, 골프장으로 전락해 갔는지도 모르겠다. 심지어 앵커볼트 박아 철탑 세우고 콘크리트 부어 케이블카까지 만들어 댔으니까.

산도 시대를 잘못 만나면 이렇게 된다. 옛말에 이르기를 시대를 잘못 만난 호랑이는 강아지에게 희롱당하고 하늘을 나는 청룡도 만두 속이 된다고 하지 않던가. 수천만 년 울울창창 잘 지내던 산이 '아작나

129

는' 모습은 도대체 사람은 무슨 짓까지 하게 될까, 생각하게 만든다.

바다는 다르다. 바다의 정기를 받았다는 교가는 내 기억에 없다. 섬마을에서 저절로 만들어진 노래도 봉우리 이름에서부터 시작된다. 바다는 사람을 품어주지도, 가려주지도 않는다. 돌출이 없으니 그늘도 없고 그늘이 없으니 앉아 쉴 곳도, 숨을 곳도 없다. 수목 또한 없으니 사계(四季)의 확인이 어렵고 보습 대어 밭을 일굴 수도 없다. 그저 푸르고 깊은 거대한 한일자(一)일 뿐이다.

산은 적당한 배경이지만 바다는 피부와 맞닿아 있는 거친 환경이다. 오늘도 나는 눈을 뜨자마자 무슨 바람이 부는지, 파도가 어느 정도 높이인지부터 확인했다. 그것에 의해 하루 일과가 정해지니까. 바다는 이렇게 생활 자체라서 우리가 믿고 기대는 토템의 범주에서 벗어난다.

그 바다가 튀어내고 단련시켜 놓은 이가 오늘의 주인공 김진수 시인이다. 한마디로 평지돌출에 의지가지없이 '독고다이'라는 소리다. 그러니 흔들리다가 솟구치고 뒤엉켜 휘몰아치다가 가라앉는 과정을 고스란히 겪었다. 이는 우리 섬사람들의 숙명이기도 하다. 이 눈물겨운 담금질, 그 지난하고 고통스러운 과정을 사람들은 간략하게 성장, 이라고 말한다. 남 인생 말하기는 쉬운 법이니까.

잠시 섬 여행을 해보자. 여수에서 배를 타고 남쪽으로 내려가면 나로도 다음으로 손죽도, 초도, 거문도가 나타난다. 뒤쪽 세 개 섬이 삼산면이다. 나는 지금 거문도에서 이 원고를 쓰고 있다. 내 고향이다. 김진수 시인은 바로 옆 초도(草島) 대동리 출신이다. 그가 나에게 발문을 맡긴 이유이다.

130

섬은 넓고 넓은 바다 한가운데 있는 약간의 산이다. 그게 전부이다. 그러니 부서지는 파도를 보고 첫 번째 탄성을 질렀고 도리 없이 해변에서 걸음마를 뗐으며 의무처럼 수영을 익혔고 물고기 잡으며 컸다. 숫자도 갯돌 주우며 익혔다. 수평선 너머에 대한 궁리까지.

그에게서 늘 바다 냄새가 나는 게 그 때문이다. 바닷바람도 어디 안 가고 매번 머리카락 근처에 머물러 있다. 심지어 눈에는 바닷물이 일렁인다. 그의 시집에 붙이는 발문이라서 하는 말이 아니다. 그의 눈은 금방이라도 흘러넘칠 것처럼 그렁그렁하다. 만조(滿潮)의 눈이다. 보름과 그믐사리 때의 만조. 그래서 그런가, 그를 보고 있으면 영화 〈아라비아의 로렌스〉가 떠오른다. 주인공 '피터 오툴'을 닮았다는 게 아니다(더 잘생겼다). 바다 너머 아라비아 땅에 가 보면 그의 사돈네 팔촌들이 있을 것만 같다. 키도 크고 훤칠하여 그곳의 전사(戰事) 느낌마저 든다. 갈증의 사막과 수분의 세상인 바다. 이질의 두 세계가 한 몸 안에 섞여있다고 말해도 될 듯한 이유이다. 아무튼 키 작았으면 이런 시 나올 리 없다.

손님, 의자를 뒤로 좀 미시지요/키 큰 사람만 보면 부러워 죽겠어요 // 아뇨, 불편한 점 많습니다./신발에다 발을 맞춰야지요/쓸데없이 눈만 높지요/허리 굽혀 땅 짚기 어렵지요 // 하지만 큰 신발로 넓게 딛고/높은 눈으로 멀리 보고/긴 팔로는 큰 밥그릇도 보듬을 수 있잖습니까? // 그래도 떨어진 돈은 땅에 있고요/키 큰 나무가 바람을 더 맞고요/높은 눈으로는 발밑까지 자세히 보지도 못해요 // 아니죠, 태양은 늘 높은 곳에 있고/별도 그 곳에서 빛나니/모든 나무들은 자꾸만 위를 향해 가지를 뻗잖습니까 // 아무리 산이 높고 별이 빛난들/그 나무뿌리는 낮은 곳에 있고/사람도 낮은 잠이 편하

니/어찌 늘 푸른 바다처럼 낮고 넓은 깊이만 할까요. // 그러네요, 그렇기도 하네요

―「낮은 곳엔 뿌리가 있다」 부분

(행과 연을 처리하다 보니 원문의 따옴표와 쉼표는 생략했다.)

나는 어렸을 때부터 초도를 자주 보았다. 여객선 타면 무조건 닿는 곳이기에. 그의 고향 대동리에는 삼산면에서 가장 높은 상산봉이 있다. 옆 마을인 의성리에는 팽나무가 서 있는 아주 멋진 바닷가 우체국도 있다. 나는 저 우체국에 취직을 하면 좋겠다고 생각하곤 했다.

초도는 풀섬이다. 풀이 많아 꿩도 많다는 곳이다. 임진왜란 때는 군마를 먹였다는 곳이기도 하다. 그런데 산봉우리, 거대한 바다, 풀, 꿩, 수평선, 이런 것들이 그를 시인으로 만들었을까. 예리한 감수성을 가지고 났으니 그것만 가지고도 시인은 되었을 꺼다. 동네 풍경을 심심한 수채화처럼 그려내는 이들 많으니까. 하지만 그를 진보, 진화된 시인으로 밀어붙인 강력한 원동력이 따로 있다. 어머니의 피. 그 붉은 피.

어머니 피가 붉어 내 피도 붉다

해마다 낫을 가는 어머니의 길을 따라
뿌리 깊은 칡넝쿨 발목을 휘감는
망금산 해거름 참억새 숲을 헤치면
흐려진 비문 하나 납작한 봉분을 지키고 섰다
반란이라고,
(…)

발목 묶은 철사 줄에 돌멩까지 채워서

여수바다 어디쯤에다 수장을 했다드라고,

뜬소문만 수군수군 떠밀려 오드라고,

동짓달 열하루 생월 생신날

옥양목 두필에 쌀 한 동이 다 쓰고

큰 동네 명두무당이 겨우 건져 올린

부석처럼 떠다니던 육척장신 건장한 넋을

당신 쓰던 밥그릇에 고봉으로 담아서

가장골 옹사리밭에 고이 모셔 드렸다고,

아비 잃고 덧씌워진 빨갱이 호적부엔

억새꽃만 이듬이듬 피고 지드라고,

연좌넝쿨 칭칭한 피울음 한마디

"나서지 마라, 나서지 마라."

(…)

—「헛 장」부분

　나서지 말라고 어머니가 말렸다는 것은 아들이 이미 나섰다는 소리. 자신의 족보가, 근원이 피로 물들었다는 것을 알아차렸다는 것. 깊고 푸른 바다에서 출발하였지만 피 튀기는 근대에 발목 잡혔다는 것.

　그 피 속에는 이데올로기로 포장된 억압과 야만과 폭력이 고스란히 들어가 있으며 그의 촉 또한 고스란히 그곳으로 뻗어있다. 그럴 수밖에 없다. 사람이니까. 숨 쉬고 생각하는 사람이니까. 단순히 인정물태와 언어의 아름다움만 노래하는 것은 시인의 역할이 아니니까.

　좋은 세상이었다면 처음부터 시인들이 생겨날 이유가 없다. 시인은 역사의 피 냄새를 잘 맡는다. 피 냄새 위에 정좌하고 피 냄새로 숙고하며 자신의 정체성을 드러낸다. 하물며 그 피가 어머니 거라면(아 씨발, 우린 어쩌자고 이런 과거를 가졌단 말인가).

개개인의 아픔은 시대의 아픔과 획을 같이 한다(여순사건의 피바람은 거문도도 예외가 아니어서 내 외가도 풍비박산 났었다. 공부 잘했던 외당숙들은 연좌에 걸려 취직하지 못했다. 학원 강사가 유일한 길이었다). 그래서 그는 시를 쓴다. 아픔 때문에, 풀리지 않는 한(恨) 때문에, 잠이 편한 이들은 애써 모른 척 잊은 척 하고 있기에. 핏자국에서 밀알의 싹을 틔우기 위해.

뱃전을 뚫고 가는 총소리 한 방 한 방/수많은 가슴에서 솟구치는 선혈을
여기 깊은 바다 속 빨갱이로 수장시켰다 물길의 행로를 이미 잘 알고 기획한 자들의
무지막지한 흉계와 총칼 앞에서/힘없이 죽은 자는 죄인이 되고
죽인 자는 어처구니없는 정의가 되었다/불가촉천민처럼 짓밟혔다고 운다
—「애기섬 수장터」중에서

모든 과거사는 조상 탓으로 돌리며/틈틈이 잘라낸 꼬리 춤에 휘둘리는/
우리는 아직도 백악기에 산다
—「백악기에 산다」중에서

그는 거북수산이라는 횟집을 하고 있다. 여수 수산물특화시장 일층에 있는데 회를 떠주기만 하는 곳이다. 먹는 것은 이 층 식당에서(요즘 이런 시스템이 많다). 그와 아내는 요식업과 생선에 관한 베테랑인데

도 이렇게 두어 평의 소박한 가게이다. 색다른 게 하나 있기는 하다. 프린트 하여 코팅시켜 놓은 그의 시편들이 메뉴판 대신 가게 이곳저곳에 걸려있으니까.

그는 지역사회연구소로, 민예총이나 작가회의 사무실로, 대학교로, 행사장으로 바쁘다. 그래서 나는 시로 형수를 포위, 감금시켜 놓고 자신은 훨훨 날아다닌다고 자주 놀린다. 물론 그는 할 일 다 해놓고 간다고 항변한다. 항변이 옳은지 보기 위해, 그가 이 지점까지 오게 된 과정을 잠시 더듬어본다.

인생에 영향을 끼친 사람들 많다. 먼저 아버지. 6·25 백마고지 전투에서 부상을 당해 의병제대 했으나 할아버지 고집으로 상이군인 등록을 못 한, 평생 한탄과 통증과 진통제로 살았던 아버지. 나중에는 모르핀으로도 통증을 누를 수 없었던 사람.

모계 쪽도 있다. 서제를 운영한 한학자이자 소학교 교사였던, 일제 몰래 언문교과서를 직접 만들어 가르쳤던 외할아버지. 여순사건 때 제자들과 함께 잡혀가서 2급 내란죄로 무기징역 선고받고 대구형무소에 수감되었던 양반. 6·25가 터지고 총살당했는데 그 당시 엄마 나이는 16세. 경산 코발트광산이나 가창골에 묻어버린 것으로 추정된다고 훗날 과거사진상조사위에서 전해왔다.

그 틈바구니에서 태어났으니 가난과 고난은 따 놓은 당상이다. 더군다나 4형제 중 맏이. 그는 섬사람 유전자대로 살았다. 경계에 대해서 우리 섬사람들은 상당히 자유롭다. 육지 사람들이 중국과 국경에 눌려 지낸 오랜 세월동안 바다사람들은 유목민처럼 활기차게 돌아다녔다. 일본 다녀오는 것을 옆 섬 다녀온 정도로 여겼다. 그러니 거룻배에 돛 하나 달고 해마다 울릉도를 다녔지.

그는 20대 초반에 중선배 타고 동중국해를 다녀왔다. 군 제대한 다음에는 우리 세대엔 익숙한 중동 건설현장으로 갔다. 가서 5년을 버텼다. 오로지 가세를 일으켜 세우기 위한 큰아들의 처절한 몸부림.

덕분에 집안 사정은 조금씩 나아졌는데 김현희 KAL 폭파사건이 있고 이틀 뒤 간신히 귀국했다. 되돌아갈 마음 홀연히 사라졌다. 이번에는 국내에서 버텨야 했다. 그 덕에 몇 번의 성공과 좌절을 만났다. '원 없이 돈을 그러모아' 봤다가 '쪽박 차고 물러난' 짓을 되풀이한 것이다.

수원에서 동생과 함께 오픈한 갈비집, 하모 샤브샤브요리를 개발해낸 여수 중앙동 갈비집, 아내와 밤잠 설쳐 가며 준비하고 개장한, 갈치회의 원조였던 금비늘 횟집(이 동네에선 살아있는 전설이다), 여서동 오리고기 전문식당 등이 앞부분과 관련 있고 금융실명제, 아버지의 사망, 건물주의 횡포나 부도로 인한 고액의 투자금 손실, IMF, 조류독감 따위가 뒤쪽과 연관이 있다.

뒤쪽 것이 또 있다. 국가대표요리사로 이름을 날리기 시작했던 막내 동생. 시인은 그에게 희망을 걸었다. 3년만 기다려 달라던 그 동생은 그러나 모스크바에서 빙판 교통사고로 사망하고 만다. 결국 파산 신청. 수백 년 조상의 터전을 경매 당하고 어머니까지 덩달아 도시의 빈민이 되었다.

아침에 눈을 뜨는 게 너무 싫었다. 무너지지 않으려고 이를 악물고 살아가는 나날이 죽음보다 더 고통스러웠다. 몸의 아픔도 뒤따라왔다. 얼굴 속에 종양이 생겨 기억력이 흐려지고 머리가 빠개지듯 아프기 시작한 것이다. 결국 쓰러졌다. 수술과 2년간의 치료 기간. 아이들은 대학 진학을 포기하고 직장엘 들어갔고 아내는 시장통으로 나갔다. 그 시절 그는 하나의 다짐으로, 우리에게 아주 익숙한 시 한편을 벽에 써 붙였다.

생활이 그대를 속일지라도 슬퍼하거나 노하지 말라 설움의 날을 참고
견디면 언젠가는 기쁜 날이 오리니…

이발소마다 벽에 걸려있던, 바로 푸시킨의「삶」. 촌스럽게. 하지만
그 촌스러움이 고난을 이겨 내고 삶을 버티게 만든다. 극단으로 몰린
사람은 생각이 아주 단순해지니까. 죽음을 떠올린 횟수와 그 시를 경
전처럼 읽었던 횟수가 같았다. 그리고 똑같은 횟수만큼 두 주먹 불끈
쥐고 새벽시장으로 나갔다. 쉬지 않고 애를 쓰고 끝까지 노력했다. 붉
은 피를 주었던 어머니가 그 시점에서 비장의 한 말씀도 주신다.
'곪아 죽어도 터져죽었다 해라'
바람벽에 붙여놓은 푸시킨이 가훈이라면 어머니 말씀은 마음속에
새겨 둔 가풍이 된다. '그래 터질지언정 곪지는 말자.' 그 결과가 거북
수산이다.

푸시킨을 날마다 읽는다는 것은 시가 익숙했다는 소리이기도 하
다. 그는 일찍이 중학교 때 송수권, 강석주 두 분 선생을 만났었다. 그
때 처음 시를 알았고 칭찬깨나 들었다. 생활이 계속 속이고 그 때문에
슬프고 노하느라 저만큼 밀어둔 시(詩). 그것을 다시 붙든다. 아무렴,
돈이 유일한 목표면 좋은 인성(人性)일리가 없다. 기쁜 날이 온다고
하니 견뎌보는 것이고 만약 안 온다면 스스로 만들어버리는 되는 것
아닌가(우리 인생이 이거 말고 뭐가 또 있겠는가).
그는 시를 시퍼렇게 벼린 장검처럼 움켜쥐고 뚜벅뚜벅 적진으로
나아갔다. 내 몸의 아픔에서 어머니 아픔으로. 가족의 비극에서 전체
의 비극으로.

그는 지금도 초도와 여수를 지키며 살고 있다. 앞으로도 계속 그럴 것이다. '작가는 고향을 책임져야 한다'는 명제가 있다. 나는 물리적으로 지킨다는 뜻으로 잘못 해석하여 변방 수비대처럼 지금도 거문도 구석에 처박혀 살고 있지만 그는 수준이 다르다. 이미 여수의 역사와 문화에 대하여 독보적인 존재가 되어있다. 이곳의 역사와 문화를 이해하려면 그를 거쳐야 한다. 그를 거치면 단숨에 접수되고 이해된다. 그리고 이 모든 과정의 일차 결산이 이 시집이다.

초도는 아름답다. 정확히 말해보자면 이제부터 진짜 아름다워졌다. 왜 그런지 세세하게 설명하기 보다는 예문을 하나 드는 게 좋겠다. 박용래 시인의 시집『먼 바다』에는 이문구 선생의「박용래 약전」이 발문으로 붙어있다. 거기에 대략 다음과 같은 장면이 나온다.

… 박시인은 무슨 바람이 불어 옥천같이 빼어난 고장을 다 둘러보게 되었더냐고 여간 기특해하여 마지않았다. 이에 힘입었는지 이씨는 시키지도 않은 옥천 지방의 산수(山水)를 자랑삼아 덧거리하였다. 그러자 박 시인은 대번에 이씨를 겨누어보며 "산 좋고 물 좋은 것은 어느 두메나 일반인데 시인이 고향을 쳐들면서 어떻게 물경풍치(物景風致)만을 떠들 수 있는가. 그런 것은 관광객에게 맡기고 시인이라면 모름지기 자기 고을이 배출한 시인부터 가리는 것이 마땅하지 않은가." 하고 바로잡아 준 다음.

"내가 옥천을 기억하는 것은 오로지 시인 정지용을 낳은 땅이기 때문이오."

하며 첫잔을 들어 서운한 마음을 가시려고 하였다. 물정 모르는 이씨가,

"그런가요? 나는 정지용이가 우리 게 사람인지도 몰랐네……." 하며 새퉁거리는 소리로 두런거렸다. 바람벽에서 벼락 치는 소리가 터지면서 박

시인의 성난 음성이 귓전을 갈겼다.

"야, 이문구. 너 정말 한심하구나. 너는 이런 것밖에 친구가   네? 정지용이 제 고향 선배인 줄두 모르는 이런 무녀리두 시인 명색이라고 하냥 댕기는 겨? 이런 것두 사람이라구 마주 앉어 술 마시네?"

박시인은 술잔을 벽에 던져 박살내고 …

김진수 시인의 고향이 왜 진짜로 아름다워졌는지 이해가 되실 것이다. 고향을 아름답게 만들기까지 오랜 세월 흘렀다. 첫 시집은 본인이나 곁에서 보는 사람들이나 참 마음 아련하게 만든다. 태어나서 그 시점까지 시인의 모든 것이, 손과 발이, 들숨과 날숨이, 두 눈이, 심장이, 그러니까 인생이 오롯이 그 시집에 담겨 있으니까.

이제 두 번째 출발점에 선 김진수 시인과 한결같이 곁은 지켜준 착한 형수에게 따스한 술 한잔 건넨다.

시는 삶이 썼다.

생활이 그대를 속일지라도

슬퍼하거나 노하지 말라

설움의 날을 참고 견디면

언젠가 기쁨의 날 오리니

—푸쉬킨의 '삶' 중에서

고향마을 이발소 높다란 의자에 널빤지를 걸치고 올라 앉으면 내 어린 관자놀이를 자꾸만 쥐어뜯던 바리깡이 시원한 길을 내고 있을 때 까까머리 거울 속에서 거꾸로 읽었던 그 시 한편이 고향 친구처럼 함께 자라서 삶에 속고 설움에 젖을 때마다 어김없이 찾아와 곁을 지켜준다.

'언젠가, 언젠가는 기쁨의 날은 오리니…' 삶이 무엇인

지조차도 알 수 없던 내 유년으로부터 까까머리 모퉁이에
튼튼히 걸려있는 아주 오래된 액자 속 영원히 꺼지지 않
을 그 시구(詩句)가 어쩜 나를 지켜준 등불이었는지도 모
른다.

그랬다.
여러 번의 사업실패 속에서 삶이 나를 속이기도 하였고
참을 수 없는 노여움과 설움, 슬픔의 늪 속으로 지독하게
밀쳐버리기도 하였다.
한치 앞도 분간할 수 없는 미련한 눈으로 허황한 욕심
만 똥창 가득 채우고 뛰뚱뛰뚱 갈지자걸음으로 세상만사
허천뱅이처럼 살기도 했던 것 같고, 나는, 나가, 나만이,
바람 풍(風)자 정도는 똑바로 발음할 줄 알며, 바를 정(正)
자 정도는 눈감고도 쓸 줄 안다는 어림서푼아치도 안 되
는 알량한 착각 속에 종종 빠져있기도 했었던 것 같다.
싹아지 같은 것이나 싹수마저도 그 속에서 이미 누리끼
리해져버렸을 테고 택도 절도 아무짝에도 쓰잘대기 없는,
개밥그릇 노릇도 옳게 못해낼 어리석기 짝이 없는 껀들껀
들한 모지랑이가 딱 되어 있었다고 솔직하니 털어 놓는
것이 더 정답이겠다.

그런 놈이 뭐, 시를 쓴다고? 참으로 시답잖은 짓거리까지 하고 있었으니 어쩜, 정신 좀 차리라고, 지극하고 당연한 형벌 같은 것들이 나의 등짝을 사정없이 후려치기도 하지 않았겠는가…….

조용히 눈을 감아본다.

돈도 밥도 되지 않는 시인의 길에서 미친놈 정신 나간 놈으로 허청거리며, 수많은 비난과 손가락질을 때로는 술로 때로는 오기로 때로는 눈물로, 지우고 쓰고 또 고치고 악으로 깡으로 뻐팅기며 그렇게 견디고 웃어낸 세월이 있었다.

그래도 시는 나의 벗이었으며 피난처였고 구원이었으며 아랫목을 데워둔 아늑한 내 고향 풀섬이기도 했다.

망망대해 외딴섬 지독한 가난에 찌들어 자란 섬놈에게 엄습해오던 어렴풋한 가족사를 한 꺼풀씩 들춰볼 때마다 그 안에는 여수 14연대반란사건으로부터 비롯된 좌익, 빨갱이, 연좌제, 등 두렵고 어두운 전설들만 잔뜩 웅크리고 있었다.

소학교선생을 아비로 뒀던 어머니는 "나서지 마라, 제발 좀 나서지 마라"며 한사코 나의 행보를 말리면서도 열여섯 살 그날의 기억들을 온통 모르쇠로 일관하였고 간간이 그 실체적 진실을 증언해 주는 사람이 있긴 했어도 가해자와 피해자로 엄격히 분류된 국가폭력은 서로간의 갈등만 조장할 뿐 오직 침묵만을 강요해왔다.

우리 현대사의 가장 비극적 사건이며 서로 연결되어 있는 제주4.3과 여수 제14연대군사반란이 발발한지 올해로 70주년이 되는 해이다.

졸편 '좌광우도'가 나와 내 가족 그리고 여수의 아픈 상처를 어루만지고 화해와 상생을 위한 뜨거운 불씨로 되살아나길 간절히 소망한다.